KB140337

그 사람은 아름다웠다

그는 빛나야 하고 또 빛나야 한다

그 사람은 아름다웠다

허진숙 시집

문학의전당

그는 빛나야 하고 또 빛나야 한다

시인의 말

촛농 사르르 녹아내리는 밤
어머니의 마지막 눈물이 보인다

엉킨 풀처럼 뒹굴던 자식들
홀로 지켜야 했던 밤
그 마지막 눈물이
어머니의 유언으로 남았다

그 눈물이
영원한 그리움이 될 줄 몰랐다

2020년 12월
허진숙

시인의 말

제2부
새벽에 등불 켜는 이유

제3부
슬픈 영혼의 노래

제4부
그 사람은 아름다웠다

시인의 에스프리

제1부
눈물도 아름다운 것

젖은 옷은 누가 말리나

정결한 신부처럼
그렇게 살다 가면 얼마나 좋을까

돌부리에 넘어져 본 사람은 안다
그 자리에 고쳐 앉아
종일 기다려도
무지개는 돌아오지 않는다는 것을

그럼
바람 불고 비 오면
젖은 옷은 누가 말리나

사랑

노래를 사랑하다 슬픔을 배웠지
사랑을 노래하다 이별도 배웠지

아프면서 다가오는
사랑도 알았지

흔들리지 않으려
아래로 아래로
물이 들었지

봄이 오면
슬픔 한 잎 이별 한 잎
떠나보내야지

그래도 외로움은 찾아오겠지만

고희

슬픔보다
기쁜 날이 많으리
울던 날보다
웃을 날이 많으리

슬픔도 익어가고
아픔도 삼킬 줄 알아
발효된 누룩 맛이 어떤 건지

이제
알 것 같아

내 마음의 시계

난 너를 떠나고 싶다, 정말
돌아올 수 없는 내 시간 돌려다오

젊음도 사라져 가는데
너를 떠나 나 혼자 살고파
굴피 지붕 아래 둥지 틀고 산새 놀던
내 사랑 찾아가면
구겨진 초상 하나 웃고 있겠지

꽃은 피고
새들의 합창 함께 부르리라

황혼이 가까이 오는데
너와 함께 아름다웠다고
굴피 지붕 아래 둥지 틀고 산새 놀던
내 사랑 찾아가면
구겨진 초상 하나 반겨 맞겠지

꽃은 피고
새들도 나의 노래 함께 부르리라

사랑은 바라보는 것

아무 말 없이
잠자는 아내 손잡아 주고
바라만 보고 있는 당신
꿈인 줄 알았어요

서로 편한 대로 등 돌리고
그저 늙어가는 거라고
뜨거웠던 그때는 꿈꾸던 날이었다고
세월은 그렇게 늙어가는 거라고

누군가 말했지
세월은 익어가는 거라고
아무 말 없이
사랑은 바라보는 거라고

내년에도 오세요

가을비 내리는 서오능 길을
둘이서 걷는다

한나절 고운 물감 들이다
심술궂은 비바람에
속절없이 내려앉는 낙엽들

화관 씌워주던 머리에도
어느새 낙엽이 진다

그래도 좋았지?

잡은 손에
자꾸 힘이 들어간다

목수의 딸

아부지— 이름 불러놓고
눈물방울만 뚝뚝 떨어진다

"공책 사야 해요"

울 아버지는 배 짓는 목수인데
예수님도 배 짓는 목수인데

울 아버지는
아홉 자식 먹여 살리시느라
목수 일 하셨다지만
예수님은 누굴 먹이시고 입히시느라
목수 일 하셨을까?

어릴 적 진작 알았다면
허리 휜 울 아버지 도와주시라고
밤을 새워
예수님께 기도했을 텐데

아버지,
나의 아버지!

하늘에서 망치 소리 들리네

나는 엄마가 되었다

미처 어미가 되는 줄 모르고
가슴에 너를 품었다

생머리 싹둑 잘라내고
어색한 파마머리

내가 너를 업었는지
네가 나를 업었는지

달빛조차 싸늘한
그 긴긴 밤을 건너고 나서야

나는
엄마가 되었다

동행

나는 슬픔이 많은 사람이다

슬픔을 알기에 슬픔과 함께 동행할 수 있게 되었다

지경을 헤매다

저 넓은 바다 위에
내 집 하나 지을 수 없을까

한 줄기 등댓불만 한
내 젊은 지경 넓히려 달려왔는데
명함도 내놓을 수 없는
문지방이 너무 높다

월세도 못 가요
전세도 돈 없어 못 가요

지평을 두고 까맣게 달아나 버린
꿈 열차
암초에 부딪쳐 아파할 때
두드리는 자판기도 멈추어 버리고

월세도 못살아
전세도 못살아

>

아, 내 청춘
저 넓은 바다 위에
내 집 하나 지을 수 없을까

나의 분신에게

고맙다 내 사랑아!
아직도 배꼽에 붙어, 엄마 배꼽에 붙어
떨어지기 싫은 감꼭지같이
조롱조롱 매달린
너는 엄마의 분신이었지

사랑을 찾아 떠나야 하는 너에게
물오른 버들피리 만들어
불어 주어야 하는데
핏속에 엉겨 붙어 서럽게 보내야 한다고
내 가슴은 말한다

고맙다 내 사랑아!
하나뿐인 배꼽에 붙어
엄마 배꼽에 붙은 감꼭지같이
조롱조롱 매달린
너는 소중한 분신이었지

눈물도 아름다운 것

출렁거리는 고난이
길 위에 뿌려질 때
새벽을 헤치고 달려간 의사가
눈물로 옷깃 적신 아름다운 사랑이
꽃길 되게 하소서!

아름다운 고난이
길 위에 펼쳐질 때
사랑이 꽃피어 산고의 신음으로
새 생명 탄생시킨 아름다운 사랑이
초원이 되게 하소서!

며느리

번갯불에 콩 볶으며 사느라
병석에 누운 아버지도 못 찾아뵙다가
추석 명절 시댁 가는 길
용감하게 친정으로 내달았다

시어머니 욕바가지 회초리보다 아팠다
함박 눈물 쏟아붓고 나서도
마음만은 가벼웠다

친정아버지도 가시고
시부모도 가시고
당신들 빈자리가 유독 크게 느껴지는 작금이다

딸이라고 출가외인이라고
율법에 매여 살며
욕지거리라도 듣던 그때가 그립다

요즘 딸 없는 서러움 크다는데

양가 다녀 오가는 세상
멍석 깔아놓고 춤추는 며느리 세상
죽 먹은 그릇 며느리 시키는 세상이라고
어느 분이 말하네요

그리운 사람

푸른 바다에 빠져
흠뻑 젖어 보고 싶다

저기 갯바위 위에
작은 점 하나

대가실 언덕 위
등대

그리운 사람이
행여 볼 수 있을까?

엄마

비목 언덕

나무 십자가 위에
이름 모를 어느 병사의 녹슨 철모
오늘도 비를 맞는다

살아오라,
살아서 돌아오라

빌고 빌던 뒤란 장독 위에
달그림자도 지고

그대에게
나는 줄 것 없어

돌무덤 위에 담배 한 개비 피워주리라
돌무덤 위에 피워주리라

문패는 없어도 벨은 있습니다

소식 전하고 싶은 사람이 생각나지 않습니다
전화 걸고 싶은 사람도 생각나지 않습니다
별 헤며 놀던 친구들은 다 어디로 갔을까요
오늘밤 저 달이 소식 전하겠지요

현관문에 벨이 있습니다
문패는 없어도 벨은 있습니다

벨을 눌러주는 사람이 없어진 지 오래되었고
발자국만 셀 수 없이 지워버렸네요
그 사람들 다 어디로 가버렸을까요

소식 전하고 싶은 사람이 아련히 떠오릅니다
전화 걸고 싶은 사람도 아련히 떠오릅니다
별 헤며 놀던 친구들
오늘밤 저 별들이 소식 전하겠지요

현관문에 벨이 있습니다

벨을 눌러주는 사람 없어진 지 오래되었고
택배 상자만 덩그러니 두고 갔습니다
그 사람들 다 어디로 가고
벨만 혼자 외롭게 문을 지키고 있습니다

약속
— 은호의 약속

할머니 죽으면
내가
땅속에 묻어 드릴게요

그리고
편지 써서
하늘로 부쳐 드릴게요

새벽달

창밖에 기척 있어
문을 열고 내다보면

신방에서 처음 나온 신부처럼
살포시 고개 숙여
웃고 있구나

누군가의 하루가
그리움으로 충만하겠구나

슬픔을 알기에 슬픔과 함께 동행할 수 있게 되었다

제2부

새벽에 등불 켜는 이유

아직도

아직도 꿈틀꿈틀
내 안에 무언가 기어가는 건
욕망이 남았기 때문이리라

쓰레기통 옆을 벌레 한 마리가 지나간다
지가 벌레인 줄 모르고

지렁이 같은 너 야곱아!

미안해 엄마!

괜찮다,
괜찮고말고!

찬미로 사는 복
부자 엄마, 부자 아빠
씨앗으로 영토 가꾸어
비옥한 영성
꽃피우고 사는 복

아들 없어서 늙어서 어쩌냐고—

아니,
딸 하나 주신 것도 감사하지!

하늘나라 가고 나서
미안해! 엄마
울어버릴 딸 생각에
자꾸 눈물이 난다

>

내가 여유 있으면 다 드리고 싶지만 ㅎㅎㅎ
여유가 없어서 ㅎㅎㅎ 죄송해요! 엄마

파랑새처럼
내 품에 날아온 문자

괜찮다,
괜찮고말고!

어부바

잠든 꽃을 업고 집을 나서면

새벽길도 무섭지 않았다

종이학의 추억
— 하영이에게

색색의 종이학 접어 밀봉한 병에서
꿈틀꿈틀 뚜껑 열고
학이 되어 날아오르는 꿈

바라만 보아도 살 떨리게 좋은
까치발 들고 걷던 아이

육군 이등병 베레모 쓰고
충성! 경례하고 다가오는 의연한 청년

젊음과 패기만으로도
능히 만화경을 펼칠 줄 아는

그런 사람이 되면 참 좋겠다
그런 하영이가 되면 참 좋겠다

딸에게

자자손손 고우신 주님 은혜
푸른 소나무처럼 올곧은 뿌리내린
그런 가문이 부럽다

당대 홀로 주님 영접 받은 몸
피사리 뽑아내랴 반세기 절름거리며
가을을 벗고 달아나는 계절
춥다고 일러주는 겨울을 비비며
날은 날에게 보내고

몇 대째 신앙의 뿌리내린 가문을 보면
그저 부럽기만 하다

첫 열매 욕심 부리다
이마 깨지고, 발등 찍히더라도
이 길을 가야 한다

나에게 남은 욕심이 있다면

바람에도 흔들리지 않는 나무들로
신앙의 울타리를 가져보는 것

노욕이라도 좋다
하늘에 닿는 믿음의 가문 이뤘으면 좋겠다

마음 밭

하루가 천년 같아
어제는 너무 견디기 어려웠습니다

짓누르는 어깨 아프다고
투정도 못하고
마음 곁에 겨울바람 앉혀놓고
종일 손이 시렸습니다

동네 몇 바퀴 돌고 돌아
겨우 마음 밭에
적막이라는 모종을 심어놓고
다시 하루를 보니

하루도 천년도
한순간이었습니다

새벽에 등불 켜는 이유

코로나19
팬데믹
사회적 거리 두기
마스크
인터넷 예배
동안의 눈물꽃은 빛나고

아무리 그래도
주님은 당신을 사랑하십니다

바람이 분다

사랑하는 자여!
그대를 탄생시킨 영혼의 밀실을 찾아
생을 윤택하게 할 젊음의 무기를 가져라
사랑의 목걸이를 달아 주고픈 인간의 법칙이여,
배우고 익히고 주고 또 주어도 모자란
사랑법이여

애써 살아온 짧은 날,
아픔과 시름으로 번뇌를 견디며 무거운 쓴 약을 마셨으니
이제는 과거를 반추하여 노 저어 가자
신은 그대에게 봄을 주시고
푸른 계절 젊음을 주시니
숲은 하늘에 손짓하여 바람을 얻고
비를 받아 마시며 산소를 얻는다

세차게 바람 불어 창이 흔들리면
제일 먼저 생각나는 사람
가만 둬도 아픈데

가슴과 가슴으로 이어지는 파동 소리
그 애절한 몸부림
아무에게나 주어지는 건 아닌데

바람이 분다
잠잠한가 했는데 또 바람이 분다

장미

나더러 어쩌란 말이냐
너를 보고 어쩌란 말이냐

세상에 가장 아름다운 건 젊은 여자라는데
요염한 너의 자태에
산자락 넘나드는 구름조차 멈추어 서서
떠나지 않으니

세상 무엇이 너보다 더 아름다울 수 있으랴
목숨 바쳐 사랑을 한다면
불꽃같은 사랑으로
입술에 장미꽃을 피울 텐데

네가 품은 가시가
한때 내 심장을 찔렀던 적 있었지

푸른 마음

윤슬 이는 바다 위에
갈매기 두어 마리 날았던가

내 누님 고운 빛 치마폭에 안기듯
함빡 웃는 그 모습
바람도 구름도 자고 가는 파도에
잔잔히 실어 보낼까

푸른 마음
가득 안고
윤슬 이는 바다 위에
내 영혼 투시되어 같이 웃을까

가거라 슬픔아
가거라 눈물이여

먼 옥빛 물결 깔아놓고
먼 옥빛 물결 깔아놓고

그 집

오랜 아주 먼 훗날 생각나겠지
어느 시인의 친정집 뜨락
그 별빛 아래서
밤 가는 줄 모르고 나누던
간장 공장 이야기

고이 적삼 다듬질 소리
어느 날, 그 어느 날
우화(寓話)처럼 살았던
사랑도 떠나고
일가친척 모두 떠나버린
그 집

내가 떠나면서
빈집이 되어버린 그 집

검은 비 내리는
간장 공장 이야기만

귓속에 남아

오래오래
달팽이관을 배회하던 그 집

절망 속에도 꽃은 피어납니다

절망 속에 울고 있는
별을 본 이는 안다
별빛 떨어지는 창가에
축복의 신호탄을 보내주는
희망의 꽃
저 하늘 별을 보라

고통 속에 울고 있는
그믐달을 본 이는 안다
미완성 울타리 꽃 피우라고
축복의 신호탄을 보내주는
희망의 꽃
저 하늘 눈썹을 보라

혼자서 산길을 헤매다
바짓가랑이 적시는 이슬방울이
가슴까지 올라와
희망의 꽃 잊지 말라 하네

추억의 등불

아낌없이 다 준다 해도
내 인생 바꾸지 않으리
소리 소문 없이 지나간 세월
내 젊음 빌려준다 해도
또다시 걸어가야 할 길이라면
돌아서서 걷지 않으리
이것이 인생이라고

소중한 것 다 준다 해도
내 인생 바꿀 수 없어
가고 오지 않는 금보다 귀한 시간
내 젊음 빌려준다 해도
이제 다시 걸어가야 할 길이라면
돌아서서 걷지 않으리
지금 내 추어의 등불
이것이 인생이라고

고궁과 하늘 사이

권력은 세상에서 오고
권능은 하늘에서 주는 선물

후궁의 치맛자락 스쳐간
창경궁 옥천교도 걸어보고
춘당지 호숫가 숲길 거닐다
하늘과 고궁 사이 내려앉은
달을 본다

천둥이 울 때
구중궁궐 단청마저 울었나니

아, 덕혜옹주여

낙선재 고색창연 깊은 사연
덕수궁 어린 꽃 품었는가

고궁 뜨락 서성이는 저 달

등에 업고 가셨으리
어부바 가시었으리

송편

슬하에 자식 먼저 떠나보내고
늦은 밤 둘이 앉아
조물조물 송편 빚는다

검은콩 깨소금 녹두 계피 속 넣어

요술 같은 손으로
반달도 뜨고 둥근 달도 뜨고
주마등같은 인생 달 뜬다

솔솔 허연 김 오른 송편
고봉 한 접시
봉산 위에 걸린 저 달빛 담아 보낸다

DMZ

철새들은 철조망 넘나들며
자유를 만끽하건만

꽃잎으로 떨어진 목숨
절망에 묶인 채 죽어간 젊은 영혼
떠도는 정령들
눈발에 파묻힌다

겨울은
슬픔만 남겨놓고 떠나려는지
삼월의 눈발이
대설주의보를 향해 가고 있다

왜 침묵하셨습니까?

서른셋 사나이가 오르던 유다 언덕
오늘도 성벽에 내리쬐는 따가운 햇살
가시 찔린 사나이 얼굴에
이글거리는 저 피

고요가 소름 돋는 그 시간
아버지는 왜 침묵하셨습니까?

청년 예수를 은 삼십에 팔아버린
유다여!
너는
어디서 나를 보고 웃고 있느냐

십자가에 못 박아라, 십자가에 못 박아라
외치는 무리들 속에서
울고 있는 여인아!
아버지여!
내 아들이니이다, 내 아들이니이다 예수여!

한 방울, 두 방울 뚝뚝
아버지여!
저들의 죄를 용서하소서!

슬픈 유다 언덕이여!

그곳에 가면

명동은 낭만의 거리

골목골목
시가 흐르는

부슬부슬 가랑비 내리는 밤
노신사는 바바리 날리며
사랑을 꿈꾸고

우리는
버지니아 울프를 꿈꿨지

챔피언 다방
우리 쉼터

그곳은
배고픈 비둘기도 들락거리던
아지트였지

코로나19

순교자들의 절규처럼
붉은 황톳길

백의의 천사들이 있어
든든합니다

감사합니다

아무리 그래도
주님은 당신을 사랑하십니다

제3부

슬픈 영혼의 노래

초월적 사랑
— 양지원

태양처럼 떠오르리라
그리고 빛나리라

어느 날 문득
당신의 노래가 내 속으로 들어왔습니다

그렇게
사랑이 시작되었습니다

용기가 생겼다

사는 동안
얼굴 빨개질 만한 비밀 하나 없었던
내숭쟁이에게
소녀 팬 무색할 만큼
용기가 생겼다

양지원이라는 어린 왕자에게 그만
홀딱 빠지고 말았다
온몸의 신체 감각이 다 열렸다
열정이 다시 생겼다

누구는 늦바람이라고 했고
누구는 방정이라고 했다

그래도 좋았다
젊은 날의 초상(肖像)을 다시 그리는데
그까짓 입방아쯤은
얼마든지 견딜 수 있었다

\>

타인의 시선을 의식하지 않아도 될 만큼
나는 이미 충분히 어른이 되었으므로
두려울 것이 없었다

너무 늦게 찾아온 사랑이
나를 눈뜨게 했다

첫사랑
― 어린 왕자 양지원에게

어린 왕자와 사랑에 빠졌다

한겨울에도 새순이 돋고
꽃이 핀다

흔한 새소리에도
심금이 울린다

남편에게 이실직고했더니
나 처음 만날 때
당신이 딱 그랬다네요

반전

— 양지원

당신은
무명의 설움을 아는
사람이다

덕분에 고독을 즐길 줄 아는 사람이 되었다

어린 왕자

— 양지원

손등에 달빛 뚝뚝 떨어지는
이 밤,
서성이는 달님 창문 두드린다

저 하늘 무수히 빛나는 별을 따다
심연에 젖은 영혼을 울려대는
어린 왕자

그는 누구인가!

깊은 우물에서 길러낸 맑은 영혼의 소리
폭포수처럼 깊어가는 예술의 혼
고통의 옷을 벗게 만든다

밤새
내 가슴을 휘저으며 토해내는
애절한 울림
깊은 계곡물처럼 심금을 파고든다

>

하니,
그는 빛나야 하고
또 빛나야 한다

슬픈 영혼의 노래
— 젠틀맨 트롯공연

다 보여준다는 말
그 한마디에 쏟아지는 함성
초인적 본능이 쏟아내는 순간이었습니다

안개 속 가려진 듯한 무대 위
잔잔한 피아노 연주에 한 송이 꽃으로 피어나는 향기
기다렸던 첫 소절부터 가슴을 녹여내는 목소리
드라마틱한 모노드라마
드디어 신곡이 터졌습니다

"그래야 인생이지"
온몸으로 토해내는 찬 서리 같은 목소리
흐느낌의 바이브레이션
폭풍우 같은 열광 속으로 몰아가는
사랑의 불꽃이었습니다

슬픈 영혼의 노래가
우리의 오감을 깨웠습니다

봄날

가고 싶다
보고 싶다

집 안을 서성이며 주저리주저리
입속을 굴러다니는 말

영혼을 펄펄 끓게 만드는 어린 왕자여

어느새
화려한 꿈을 좇던 소년이 아닌
성숙한 예인(藝人)으로
내 가슴속에 들어와 꽃을 피우시는가

다시
봄날이 시작되었다

인류의 법칙

맴을 돌다
그 자리에 주저앉은 돌탑 아래
배고파, 배고파
발소리만 요란하다

밥 주나요?
아니요, 시집을 나눠줍니다
기다리면 빵이라도 주나요?
아니요, 시집 한 권씩 나눠드립니다

정렬된 의자만 배가 부른 오후

돌다 돌다
꽹과리 소리, 잔칫집 소리
적자생존(適者生存)이란
이런 것이다

신발 끄는 소리, 배고픈 소리

시방도 주변에 맴맴
글이 밥이 되나요?
허공에서 들려온다

누구를 위하여 꽹과리 울리나?

보랏빛 연가

달님 곁으로 갈 수는 없으나
나도 저 달처럼 등불 비춰주는
사람으로 살 수 없을까

이슬 맺힌 풀숲에서
처연히 울어주는 풀벌레처럼
나도 노래할 수 없을까

결핍과 고독을 거두어
안위와 평안을 내려주시는 왕자님
내 안에 별이 되어 오시기를

밤하늘
별님에게 물어보면 안 될까

미혹

술잔이 매혹적으로 보이는 것은
고독해 보이기 때문이다

예찬의 눈물

— 젠틀맨 트로트 콘서트

두 개의 사랑과 두 개의 고독이 결합된
예찬의 날이었습니다

그날의 인연이 원동력이 되어
서울에서 부산까지
생의 아름다움과
영혼의 울림을 노래하는 저 몸부림을 보려고—

사랑을 보답하는 이대로가 마냥 즐겁다고
목소리 하나로 말하리라
아무것도 부러울 것 없는 내 사랑임을 말하리라
몸부림으로 말하리라

양지원은 미소년
양지원은 양지원

슬픈 영혼의 노래가 터져 나온 순간
눈물도 닦지 못하고

먼발치에 그를 남겨두고 돌아왔습니다

이제 모든 염려 걱정 멈추어야 합니다
양지원은 아이가 아닙니다
슬픈 영혼을 가진 아티스트입니다

나의 봄날

아침에 눈을 뜨면
제일 먼저 생각나는 사람 있습니다

새순이 움트듯
제일 먼저 다가오는 사람 있습니다

한 소절 노래만으로도
나의 봄날은 축제입니다

눈물을 잊었다

산수유 꽃필 무렵

수은 같은 눈물로 길을 내다가
예고 없이 찾아온 노래

맑고 청량한
가슴 저 밑바닥에서 뿜어져 올라오는
영혼의 노래

그날 이후부터
나는 눈물을 잊었다

수신자 토기장이시여!

보소서 토기장이시여!
시인 다윗왕도 하나님께 편지를 올렸으니
그 같은 성정으로 사랑하는 자녀의 편지를 받아주소서!

가을 하늘처럼 높고 푸른 악보 위에 편지를 올리나니
양지원을 축복하소서!
그를 축복하지 않으시면 이 끈을 놓지 않겠습니다
기다림에 지친 이 펜을 놓지 않겠습니다

사랑해도 다 못 가는 세월
서녘 하늘 바라보며 아쉬움 토해내는
변덕스런 여름 장마같이
두 마음이 싸우고 있습니다

당신의 손으로 세상에 보내주셨으니
청중을 녹여내는 감성적 목소리
하늘과 땅을 누릴 권능과 정금 같은 목소리도 주셨으니
이제 문을 열어주십시오

양지원을 축복하소서!
그의 아픔 거두어 주시고
그의 가을 곳간 가득 차게 하시고
그의 마음 평온하게 하소서

사랑하는 토기장이시여!

잊고 싶은 날

눈을 뜨면 문득 생각나는 사람
지금도 어디에서
노래 부르고, 차 마시고, 웃고 있을 사람
잊고 싶은 날도 있었습니다

연민의 그물에 걸려
한 번도 말한 적 없는 사랑한다는 그 말
성호를 긋듯
내 마음에 별이 된 사람
떨쳐버리고 싶은 버릇처럼
잊고 싶은 날도 있었습니다

손 내미는 사람 옆에 있는데
첫사랑 마술에 걸려
한 번도 말해본 적 없는 사랑한다는 그 말
술래잡기하듯
예전에 없던 가슴앓이 하나 생겨나
잊고 싶은 날도 있었습니다

학은 왜 춤을 추는가
— 양지원에게

찬 이슬 맞으며
외다리로 서서
하늘 우러러 머리를 높이 들어
일품조(一品鳥)
고결한 자태

모시 두루마기 걸쳐 입고
비틀거리며 춤을 춘다
설령 춤을 추다 사라지더라도
오늘도 내일도
학춤을 춘다

눈 내린 파초 아래
외다리 들고 서서
하늘 우러르는 참회의 기도

학이 되어 나는 꿈
학이 되어 나는 꿈을 꾼다

너무 늦게 찾아온 사랑이
나를 눈뜨게 했다

제4부

그 사람은 아름다웠다

당신의 푸르른 날은 언제인가

늦은 밤
홀로 피아노 건반을 두드리는 당신 모습

그 누구도 대신해줄 수 없는
대중 속의 고독

세상을 배워갈 무렵
서러움도 상처도 미리 배웠다고 하셨지요

비바람 맞은 꽃잎처럼
고독한

당신의 푸르른 날은 언제인가
묻고 싶은 날

무지개 당신

밤새 멈출 줄 모르고 쏟아지는 빗소리
답답한 우리 속내 아시는가
소리 없이 침잠해버린 당신 소식
행여 빗소리로 오시려나
기다리던 밤

옛 궁터 허물어진 돌담
틈새에 핀 제비꽃처럼
당신에게도 빛의 축복이 함께하길
염원하던 한낮

당신
빛을 향해 걸어가는 뒷모습 위로
무지개 뜨고
빗속을 열고 달려올 그 얼굴에
미소 가득하길

사막을 걷는 마음으로

오늘은 고속버스에 몸을 싣고
달리는 차창 밖 풍경에
당신 얼굴 그려봅니다

기도
— 추석

저마다 가슴에 달 하나씩 품고
하늘 우러른다

계수나무 아래
토끼가 방아 찧던
그 옛날
그 마음으로

달빛 아래
그대 이름 곱게
캘리그라피로 써서

영원히 지워지지 않기를
기도한다

일찍 핀 꽃

사랑의 메아리는
바람도 막지 못하는 법

너무 일찍 피어
절정을 보지 못한 꽃이여

이슬 내리면 이슬 받아먹고
바람 불면 바람 받아 마시며
여기까지 왔느니

그대
다시 꽃피울 날 오리니
울지 말고 같이 가세

가끔 생각나는 사람

눈 감으면 생각나는 사람
사슴 같은 눈으로 바라만 보던 사람
사랑한다고
아픔을 삼키며 다가오던 사람

도망치듯 잊으려고
가랑잎 굴러가는 들판을 가로질러
전등사로 떠나던 그 사람

풍경 소리 울며 그리움 깊어질 때
어느새 도시의 거리를 서성이다
그 빌딩 앞에 서 있는 사람

그 사람 가끔 생각나는 건
별 하나 갖고 싶은 욕심 때문

세월 가면 잊히는 줄 알았는데
가끔 생각나는 사람

사랑한다고
미안하다고 말해주고 싶은 그 사람

그 사람은 아름다웠다

시련과 고통의 시작은 어디부터인가요?

쉽게 만났으니 가벼이 헤어지는 일
남은 자와 떠나는 자의 고통을 봅니다
점점 분노는 높아져 가고
여름 장마철 변덕스런 날씨처럼
격랑의 파도를 두려워하는 사람들이 있습니다

그러나 우리는 압니다
두렵고 무서운 태풍에게도
바닷물을 순환시키는 순기능이 있듯이
지금 떠나는 자들의 열정과 사랑이
언젠가 사랑의 물방울이 되어줄 것임을……

사람에 대한 실망이 없인 사랑도 없습니다
껍질을 깨고 나오는 고통 없이
어찌 우화(羽化)를 꿈꿀 수 있겠습니까
하니, 그 사람은 아름다웠다고

나는 사랑의 손수건을 흔들어 주겠습니다

아직 미흡한가요?
내일을 향해 노를 젓지 않으면
우리는 끝내 타오르는 불꽃을 보지 못할 겁니다
바람과 맞서 싸우는 어부의 마음으로
다시 만날 그날을 기대합니다

꽃씨 뿌려놓은 길

지켜주고 싶은 약속일랑
내 안에 묻어두지 말걸
사랑한다고 묻어두지 말걸
발자국 점점 멀어지는데

어린 날 홀로 가던 그 길
다시 올 수 없는 그 길
눈물로 꽃씨 뿌려놓은 그 길

시인이 울지 않고 붓대가 살겠는가
가수가 울지 않고 노래가 살겠는가

바람 불어
생의 쓴잔을 거두어들일 날
내일이면 오려나

미리 쓰는 감사 편지

당신은 지금
어떤 그림을 구상하고 계신가요

수채화일까
유화일까
수묵화일까

사람답게
참되게
겸손하게

희망이 되고
격려가 되고
사랑이 될 그 노래는,

사랑의 촛불처럼 타오를 겁니다

사랑님들께 향기를

들꽃이라도 이름 없는 꽃은 아닙니다
온실 속 화초도 아닙니다
향기가 퍼져가는 그 꽃처럼
내 안에 향유를 넣어두었던 옥합 깨뜨려
사랑님들께 바치는 향기가 되겠습니다

둥근 밥상에 둘러앉아
사랑 노래 들려주고 싶은 추억거리도 만들고 싶습니다
내 짧은 영혼의 문도 활짝 열어놓고
흩어진 모래처럼 떠나가신 사랑님들께도
사랑했었다고 말하고 싶습니다

오늘은 비가 옵니다
산까치 울면 반가운 소식 온다기에
카톡 열어 이 방 저 방 문 열고
가뭄 속의 샘처럼 공연히 투정도 부렸습니다
어디론가 훌쩍 떠나고 싶을 때
머뭇머뭇 일상에서 쳇바퀴 돌다

발등에 떨어지는 빗물이 될 때도 있습니다

어차피 가야 할 길
영혼을 토해내며 가야 할 길입니다
그 길을 사랑님들과 함께 날개 펴고 날고 싶습니다
아픔도 슬픔도 나눠 가지며
저 넓은 창공을 날고 싶습니다

그대 꽃 피울 날

그대 꽃 피울 날
서서히 오고 있습니다

서두르지 마세요

밤하늘 별들이
그대 머리 위에 눈부시도록
그대 얼굴 비치리니

오월의 장미처럼
눈부신 태양처럼

결코 서두르지 마세요

훗날을 축복합니다

당신만 행복해진다면
대신 고통을 나누어 지겠습니다

누님같이 어머니같이
우리의 체온으로 피운 꽃다발을 보냅니다

훗날을 축복합니다

당신의 머리에 가왕의 면류관 씌워주소서
가왕의 면류관 씌워주소서!

그대 눈동자에 모란이 필 때까지

현실은 출렁거리는 바다와 같아
온몸으로 껴안으며 살아온 나날이었지요

저 멀리 수평선 바라보고 있는
그대여

캄캄한 밤을 여러 차례 가로지르고
달리는 톱니바퀴 위에서
하루하루를 견뎌낸 나날이었지요

여정이란
오직 걸어본 자만이 돌아볼 수 있는 것

그대의 노래는 오직 그대의 것
그대의 눈물은 오직 그대의 것

화려한 웃음 뒤에 가려진 눈물에
주눅 들지 말고

그대 눈동자에 모란이 필 때까지

오직 노래합시다

내 인생 간주곡

바람에 불려 다니는 구름 같은 인생
지구 몇 바퀴 돌고 돌아도

떠돌아다니는 구름도 아니다
떠돌아다니는 바람도 아니다
가슴 적셔 노래하던
비수구미* 맑은
영화 같은 비하인드 스토리

시작과 끝이 있듯이
축복의 신호탄이 멀리 있지 않아
번갯불에 불을 켜는 날 멀리 있지 않아
놀라운 일 드러내기 위한 뜻이 있으리

참아내야 하는 인내는
시련의 눈물 뒤에 오는 것
다 말 못해도 다 표현 못해도
지켜주던 그 사랑님들께

눈물로 펑펑,
노래로 꽝꽝 바치는 날 오리니

_____

＊비수구미: 강원도 화천군에 숨겨진 생태계.

자격지심
— 양지원에게

억새풀 머리가
내 머리에 옮겨 붙었나니

그래도 사랑해도 될까

내가 쏜 큐피드의 화살
그대 심장에 닿기도 전 떨어져버리면

그래도 사랑해도 될까

도라지꽃

― 양지원

토담집 뒤란에 핀
도라지꽃

꽃술에 이슬 맺힐 때
새벽잠 깨우던
너의 노래

조용히 따라 흥얼거리면

내 입술에
보랏빛 물이 들었지

우이동

가을비에 젖어
조용히 내려앉은 낙엽들

조각 같은 얼굴에
문풍지 흔들고 간 바람인 양
배시시 웃고 나타난 그의 미소
붉게 타들어 가는 동산 아래
춤추고픈 우이동아~

세상 끝 안개 깔린 세월아
잘 가거라
낙엽 쓸고 가거라 가을비야
뜨거운 심장으로
꽃 계단 지르밟고 가던 옥류헌아~

음악 없고 그윽한 커피 향기 없어도
별들이 사라진 눈빛으로
지평선이 되고 싶은

젊은 가수의 모태들이여

그의 노래로 젊음을 살리라
그대 노래로 내 인생 살리라

경자년(庚子年)을 보내며

경자년 어두웠던 한 해를 떠나보내려 합니다.
다신 기억하고 싶지 않지만
반드시 기억해야만 하는 한 해였습니다.
우리는 살아남았고 이겼습니다.

이 겨울을 무사히 보내고 나면
보리밭 새싹도 다시 푸르게 피어나겠지요.
영롱한 이슬방울도 맘껏 받아 마시며
우리도 푸른 창공을 날아오를 수 있을 겁니다.

내일을 노래하라고
들판의 참새들도 한데 모여 군무를 펼칩니다.
양지원 어린 왕자의 노래를 듣는
사랑님들의 합창 같습니다.

어린 왕자의 노래를 듣고 있노라면
가슴 저 밑바닥에서부터 파문이 일어
누군가가 몹시 그리워집니다.

그 그리움이 누구를 향하고 있는지
내일을 준비하는 jpL 카페 식구들은 모두 알고 있습니다.

어린 왕자의 노래가 축복이 되었으면 좋겠습니다.
어린 왕자의 노래가 기쁨이 되었으면 좋겠습니다.

새날, 새아침
사랑님들 모두에게 강 같은 평안을 내려주길 기도합니다.

너무 일찍 피어
절정을 보지 못한 꽃이여

나의 삶, 나의 사랑

인생이 얼마나 심오하게 출렁거렸나.

— 제임스 조이스

그 겨울 시린 바람결이 내 귓속에 속삭거렸다.

"차라리 수녀가 될까? 비구니가 될까?"

생각이 차차 깊어지던 사춘기 시절, 가당찮은 페시미즘의 늪에 빠져 공연히 니체를 동경하며 읊조렸다.

희미한 의식 속에서 간간히 새소리가 들리는 듯했고, 비통한 울부짖음에 섞여 들려오던 엄마의 음성은 끝고다 언덕의 바람 소리 같았다. 시간이 얼마나 지났는지 어디선가 시큼한 물김치 냄새가 후각을 자극했다. 그다음 미각이, 먹고 싶다는 느낌! 이후 시각이 열렸나 보다. 사람이 눈을 감고 뜨는 것이 쉬운 것 아니라는 걸 나

중에 알았고 인간의 최후까지 살아있는 것이 청각임을 경험하였다.

회생 가능성 0.1%의 기적이 일어났다. 의사는 허락하지 않았지만 나는 집에 가고 싶었고, 소독약만 받아 집으로 돌아왔다. 그러나 집에서는 복막수술 부위와 근육주사 맞은 자리의 화농균에 소독만 할 뿐, 아무 약도 투여할 수 없었다. 몸속에 세포가 죽어가는 괴사현상이라고 했다.

다행히 배고픔을 느낀다는 사실이 희망이었다. 엄마는 위장에 좋다는 닭 모래집을 볶아 절구에 찧어 가루약을 만들어 나에게 먹였다. 죽음과 사투를 벌이는 일상 속에서 또다시 두 번의 큰 수술을 받을 때 나에게는 '절망'이란 말조차도 사치였다. 비록 몸은 뼈와 가죽만 남아 피골이 상접했지만 숨을 쉰다는 사실이 축복이었다. 그렇게 조금씩 세포가 살아나는 기적이 나타나기 시작했다.

그 고통의 시간을 견디는 동안 나에게 한 줄기 빛이 다가왔다. 어느 날 새벽 잠결에 구름 속으로 뒷모습만 보여주는 분의 음성이 들려왔다.
"주 예수를 믿으라."
그 후에도 그분은 위기 때마다 말씀으로 찾아오셨다. 나는 기꺼이 그분을 영접했고 기쁨으로 받아들였다. 그것은 숙명이었다.

미처 어미가 되는 줄 모르고
가슴에 너를 품었다

생머리 싹둑 잘라내고
어색한 파마머리

내가 너를 업었는지
네가 나를 업었는지

달빛조차 싸늘한
그 긴긴 밤을 건너고 나서야

나는
엄마가 되었다

— 졸시, 「나는 엄마가 되었다」 전문

 4년 후 어머니는 마흔둘 고운 나이에 세상을 떠나셨다. 딸을 살리려고 애쓰시다 당신의 몸에 병이 깃드는 것을 모르셨던 거다. 아니, 어쩌면 딸의 목숨이 당신의 목숨보다 더 소중했는지도 모른다. 어머니는 그렇게 비통하게 떠나셨고 딸은 커서 시인이 되었다. 어머니는 훗날 나의 첫 시집 『바다로 간 어머니』 제목이 되었다. 어머니는 아직도 나의 첫 시집 속에 고스란히 살아 계신다.

어릴 적부터 병마에 시달리며 성장했던 탓인지 나의 신앙은 점점 깊어져 갔다. 신앙이 나를 견딜 수 있게 해준 원동력이었다. 나의 꽃은 예수요, 나의 사랑도 예수였다. 그러나 건강은 순탄치 않아 아이를 낳을 수 없을 거라는 진단을 받기도 했다. 결혼은 생각할 수도 없었지만 다행히 지금의 남편을 만나 슬하에 딸 하나를 얻게 되는 기쁨도 누렸다. 그 딸이 커서 나의 분신이 되었다. 딸도 성직자의 아내가 되어 주님을 모시는 광영을 함께 누리고 있다. 시와 찬송이 내 삶의 길잡이가 되어 지금은 천국의 소망으로 날마다 감사와 즐거움으로 살아가고 있다.

> 태양처럼 떠오르리라
> 그리고 빛나리라
>
> 어느 날 문득
> 당신의 노래가 내 속으로 들어왔습니다
>
> 그렇게
> 사랑이 시작되었습니다
> ― 졸시, 「초월적 사랑―양지원」 전문

어느 날 문득, 양지원이라는 가수를 사랑하게 되었다. 양지원이라는 가수의 노래가 내 속으로 들어왔다. 히트곡 하나 없는 무명 가수의 노래가 그냥 훅! 가슴속으로 들어왔다. 말 그대로 섬광처럼 나를 휘어잡았다. 나는 기꺼이 양지원의 삶과 노래를 시로 옮겨 썼다. 양지원의 눈빛은 내게로 와서 햇살이 되었고, 그의 손짓은 꽃이 되었다. 그의 눈물은 나의 눈물이 되었고, 그의 기쁨은 나의 기쁨이 되었다. 그럴 때마다 나는 희열을 느낄 수 있었다. 순수시를 쓸 때와는 전혀 다른 느낌과 감각이었다.

꽃 한 송이를 보고 내가 기뻐할 줄 알면 내가 행복해진다.
— 김홍신 작가

울고 있는 사람 곁에서 함께 울어줄 수 있다면 그것은 행복이다. 홀로 서 있는 사람 옆에서 잠시나마 곁이 되어줄 수 있다면 그 또한 행복이다. 양지원의 눈물과 양지원의 고독과 양지원의 꿈을 지켜줄 수 있다면 그 또한 행복일 것이다. 하지만 주위의 시선은 곱지 않았다. 클래식 음악과 고답적인 취미, 지성과 품위 등 시인에게 요구되는 행동 양식으로부터 나는 동떨어져 있는 변종으로 비쳐졌다. 심지어 시의 품격을 떨어뜨린다는 지적도 있었다. 그러나 나는 그 모든 지적과 비난으로부터 당당할 수 있었다. 시는 노래로부터 시작되었으며, 여전히 시는 노래여야 한다고 믿기 때문이다. 시인이 노래를 좋아하고 가수를 좋아하는 것이 결코 이단 행위가 아님을 시로 보여주고 싶었다. '트로트'를 하위 예술로 치부하는 예술계의 편협함에 대해 당당히 시로 평가받고 싶었다.

사는 동안
얼굴 빨개질 만한 비밀 하나 없었던
내숭쟁이에게
소녀 팬 무색할 만큼
용기가 생겼다

양지원이라는 어린 왕자에게 그만
홀딱 빠지고 말았다
온몸의 신체 감각이 다 열렸다
열정이 다시 생겼다

누구는 늦바람이라고 했고
누구는 방정이라고 했다

그래도 좋았다
젊은 날의 초상(肖像)을 다시 그리는데
그까짓 입방아쯤은
얼마든지 견딜 수 있었다

타인의 시선을 의식하지 않아도 될 만큼
나는 이미 충분히 어른이 되었으므로
두려울 것이 없었다

너무 늦게 찾아온 사랑이
나를 눈뜨게 했다

지금 내 곁에서 남편이 함께 양지원의 노래를 듣고 있다. 남편도 어느덧 양지원의 팬이 되었다. 성직자의 아내인 딸과 손주들에게도 감사의 마음을 전한다. 딸의 웃음이 나의 웃음이고, 남편의 웃음이 나의 웃음이다. 나의 사랑을 오히려 격려해주고 힘이 되어주는 남편에게 미안함과 감사를 전한다. 당신이 있어 나의 생은 빛날 수 있었습니다!

이 도서의 국립중앙도서관 출판시도서목록(CIP)은 서지정보유통지원시스템 홈페이지
(http://seoji.nl.go.kr)와 국가자료공동목록시스템(http://www.nl.go.kr/kolisnet)에서 이용하
실 수 있습니다.(CIP제어번호: CIP2020051574)

그 사람은 아름다웠다

ⓒ 허진숙

초판 1쇄 인쇄 _ 2020년 12월 10일

초판 1쇄 발행 _ 2020년 12월 17일

지은이 _ 허진숙

펴낸이 _ 고영

디자인 _ 헤이존

펴낸곳 _ 문학의전당

출판등록 _ 제448–251002012000043호

주소 _ 충북 단양군 적성면 도곡파랑로 178

전화 _ 043–421–1977

전자우편 _ sbpoem@naver.com

ISBN 979–11–5896–498–6 03810